菊地 紫里●Saori Kikuchi

# 写真たてのふたり

文芸社

愛してやまない人達に

この詩《うた》を贈りたい

諦めることなんてない

引き下がることなんてない

何に負けたなんて　考えて悩むことなんてない

“恋は敗者復活戦からが勝負だと思うから”

あなたと出逢うための　今までだったと思う

友達のままでいられなかったね
愛を感じた私の負けね

## 一生分の愛を

たった一瞬でいいから

私だけをみつめていて……

その時

一生分の愛を私だけに……ください

# 気になる存在

気づかぬうちに
視線はあなたを追っていた
同時に自分の気持ちが
友達から
今　一番気になるヒトに変わっていった

私はあなたが大嫌い
勝手に心に入り込んできて
掻き乱して去ってゆくから

そしていつのまにか私の中で
一番大きな存在へと変わっていった

素直に認めなくてはいけませんか？
この恋　現在進行形ですね

男と女の友情なんてありえないね

だって

友情という言葉の裏には

どこかに愛情が潜んでいるもの

# TEL

「ドキドキしちゃう……」
「えっ？　なんで？」
「……ヒ・ミ・ツ」

好きなヒトへの初めてのtel
ドキドキしないほうがおかしいよ
彼が受話器を取ったらなんて言おう
素直に言葉にできない私のことだから
きっと
心にもないことを言っちゃうんだろうな
でも
あのひとにだけは気づいてほしいの
ひねくれ者の　仮面に覆われて
なかなか出せない本当の私に……

「ーもしもしー　私に愛をくれませんか？」

恐縮ですが
切手を貼っ
てお出しく
ださい

112-0004

東京都文京区
後楽2－23－12
(株) 文芸社
ご愛読者カード係行

| | | | | |
|---|---|---|---|---|
| 書　名 | | | | |
| お買上<br>書店名 | 都道　　　市区<br>府県　　　郡　　　　　　　　書店 | | | |
| ふりがな<br>お名前 | | 明治<br>大正<br>昭和　　年生　　歳 | | |
| ふりがな<br>ご住所 | □□□-□□□□ | | 性別<br>男・女 | |
| お電話<br>番　号 | （ブックサービスの際、必要） | ご職業 | | |

お買い求めの動機
1. 書店店頭で見て　2. 当社の目録を見て　3. 人にすすめられて
4. 新聞広告、雑誌記事、書評を見て（新聞、雑誌名　　　　　）

上の質問に 1. と答えられた方の直接的な動機
1. タイトルにひかれた　2. 著者　3. 目次　4. カバーデザイン　5. 帯　6. その他

| | |
|---|---|
| ご講読新聞　　　　新聞 | ご講読雑誌 |

文芸社の本をお買い求めいただきありがとうございます。
この愛読者カードは今後の小社出版の企画およびイベント等の資料として役立たせていただきます。

| |
|---|
| 本書についてのご意見、ご感想をお聞かせ下さい。<br>① 内容について |
| ② カバー、タイトル、編集について |
| 今後、出版する上でとりあげてほしいテーマを挙げて下さい。 |
| 最近読んでおもしろかった本をお聞かせ下さい。 |
| お客様の研究成果やお考えを出版してみたいというお気持ちはありますか。<br>ある　　ない　　内容・テーマ（　　　　　　） |
| 「ある」場合、弊社の担当者から出版のご案内が必要ですか。<br>希望する　　希望しない |

ご協力ありがとうございました。

〈ブックサービスのご案内〉
当社では、書籍の直接販売を料金着払いの宅急便サービスにて承っております。ご購入希望がございましたら下の欄に書名と冊数をお書きの上ご返送下さい。（送料１回380円）

| ご注文書名 | 冊数 | ご注文書名 | 冊数 |
|---|---|---|---|
| | 冊 | | 冊 |
| | 冊 | | 冊 |

夢で逢えたら嬉しいけれど

夢で逢うだけじゃつまんない

だって夢って……

いつかは覚めてしまうものじゃない？

# 雨

わざと歩いてきたワケじゃないのよ
雨が降っていたんだもの
帰りに送ってもらいたくて　歩いてきたワケじゃないのよ
だって雨が降ってきたんだもの

いつもは嫌《きら》いな雨模様
だけど今夜はちょっぴり感謝
あなたの助手席《となり》に乗れるから
あなたが送ってくれるから

わざと歩いてきたワケじゃないわよ
雨が降っていたんだもの
わざと歩いてきたワケじゃないわよ
雨が降ってきたんだもの

『ひとりぼっちはきらい!!』

私を置いて立ち去る車に叫んだ

ブレーキランプが光るように祈って

聞こえるハズもないのに……

『そばにいて！　ひとりぼっちにしないで！』……って

# 恋とは

人は好かれてから好きになっていくよりも
好きだから好かれたいと願う
どんなに自分を好きになってくれたとしても
自分の心は別にある
たとえ願い叶わなくとも
恋しい人だけを見つめていきたい
恋とはそういうもの

私の気持ちを音符に変えて

アレンジはあなたにまかせるから

# 留守番電話

留守番電話に吹き込んだ私の声を
ずっと消さないでほしいのに……

あなたの心の隙間に吹き込んだ私の気持ちを
ずっと捨てないで
心の片隅に留めておいてほしいだけなのに……

## 心の扉を　ひらいて

あなたは
本当に心に決めた女性《ひと》以外には
心を開いてくれないね
どんなにノックしても
扉は閉ざされたまま
今　その扉を開けられる女性《ひと》は
いったい誰？

## 魔法

魔法をかけてください

一瞬でもかまわないから

あのひとの前だけでも素直になれるような

そんな魔法をかけてください

# 意地悪な私の生き方

意地悪な私のことだから

今でも

そしてこれからも

あなたにとって重荷になるような

そんな態度をとってしまうこともあるだろう

でも今は　そんな生き方

そんな片想いしかできない私のことを

静かに見守っていてもらいたい

そしてこの意地悪な態度が愛情の裏返しだということを

いつかあなたに気づいてもらいたい

「感情のままに行動してはいけないよ」なんて

あなたはよく口にするけど

時には冷静に考えるよりも

思いのままに動いたほうが

Happinessにつながるかもしれないよ

## carry

さびしさを

黒髪に乗せて送るから

そらさずに

まっすぐみつめて……私のことを

# Long hairの意味

長い髪が好きだと聞いた
その一言で私は決めた
あなたのためのlong hair
髪の長さが　想《おも》いの長さ

ドラマのようなワンカット

連想して恋におちたの

自分の気持ちを上手に隠せる……

そんな主演の大女優だと思っていたのに

本当は

すべてを悟られている

ただの脇役・大根役者だったの

# 自分勝手

自分に彼がいて幸せなときは
「何かはりあいがなくてつまんない」
なんて友達にこぼしておきながら
片想いモードに突入すると
「私は独りぼっちなのね……」
なんて悲劇のヒロインぶったりする
人間ってなんて勝手な生き物なんだろう

私もその中のひとりだけど……

## かたおもい

どうして気づいてくれないの？
こんなに視線《サイン》を送っているのに
どうして私を見てくれないの？
こんなにあなたを待っているのに

自分が一番わかっているの
あの女性《ひと》にはかなわないってこと
背伸びしたって届かない
わかっていても気づかぬフリして

待っているわ
あなただけを
見つめているわ
あなただけを

切ないくらいの……片想い

# 大嫌いな夜

夜
ひとりでポツンとしていると
訳もなく涙があふれてくるの
どうして？
眠りたいのになぜ涙がでるの？
目を閉じた瞼の裏にあなたがいる
隣りにいるのは私じゃなくて……

思い出してしまう
そんな夜が嫌いだった

壊れた蛇口からこぼれ落ちたものは
誰にも止められないあなたへの想い

時計の針を戻してください

あなたと出逢ったあの瞬間《とき》に動いていたならば……

何かが変わったはずだもの

# ためいき

ため息ひとつ

ため息もうひとつ

あなたとあの彼女《ひと》のことを考えながら

おおきなため息またひとつ

「どうして彼女のいるひとを好きになってしまったんだろう」

そしていつのまにか　ため息まじりの涙

# 涙の理由《わけ》

涙がね
あとから　あとから　こぼれてくるの
どうして枯れないのかな？
こんなにあふれているのに

この涙はなに？
悔しいの？
寂しいの？
哀しいの？

自分でもわからないの……
ただ
あとから　あとから　こぼれてくるの

この涙の理由《わけ》がわかるまで
今日は好きなだけ泣いてもいいでしょ？
明日は笑顔に戻るから

## あきらめ

どうしたの？

大切なものが　手の中からこぼれ落ちてしまったの？

あのひとのこと……

あきらめちゃうの？

あんたにできるの？

彼への想い　あんたは断ち切れるの？

泣きたいだけ泣いて忘れられるの？

それができれば苦労はしないのにね

どうするの？

忘れるの？

あきらめるの？

……だって　あきらめなくてはならないひとだもの……

泣いて忘れなくてはならない恋が
この世にはあまりにも多すぎる

恋など知らなければよかった
恋などしなければよかった
あなたに恋したあの日から
私は泣いてばかりだもの

恋をして

傷ついて

泣くだけ泣いたら……

女は綺麗になれますか？

100%想いが叶うなんて言い切れないし

100%失恋するとも言い切れない

だって人の心なんて日替わりだもの

恋は人生のスクランブル・ゲーム

たったひとりの人のために

世界と　運命と　自分の価値観が

すべて変わってしまうなんてこと

ありえないと思ってた

そう思ってたけど　そのうち知ったの

自分自身で嫌《いや》というほど

# 愛されたいゆえの重荷

私がとる行動のほとんどは

あなたを中心としていて

あなたの前でとる行動のすべては

あなたに愛されたいゆえの行いである

時にはそんな私のことを重荷に感じ

または不愉快に思うときもあるでしょう

でも私は

今までの私を変えるつもりはありません

だって　愛されたいのは本望ですし

それゆえ重荷になってしまうのは　しかたのないことですもの

あきらめられる恋ならば

もう……とっくに『さよなら』してた

## Love letter

伝えずにはいられない
私の本当の気持ち
想いを隠していることさえ耐えられない
ためらいながらもペンをとり
本当の気持ちを今　初めてあなたにぶつけた

あなたのことをからかったのは　照れ隠しであったことを
私が友達としてじゃなく　男としてあなたを見ていたことを
ただそれだけを……それだけを告げたくて

どんなに悩んでも

どんなに考えても

八方塞がりの片想い

そして結局わからずじまいの恋

# いまさらの出来事

あの娘《こ》はずるい

君の誘い・今まで断り続けたくせに

今更さらってゆくなんて……

哀《かな》しみのmontage

さよならの横顔

心のブレーキのかけかたは

自動車学校では教えてくれない

あなたのハンドルはどこへ向かっていますか

私はこのままアクセル踏んでていいのですか

“寂しさ” という風が　心の中に吹いている
“哀《かな》しみ” という雨も　心の中に降っている

# eye

こうやって瞳《め》を閉じた瞬間
一番最初に浮かんだひとが
自分にとって一番大切なひとなんだって

私が瞳《め》を閉じた瞬間《とき》
真っ先にあなたが浮かぶけど
あなたの瞳に映るのは
私じゃない誰かなのね

彼女のどこに私は負けたんだろう？

そう考えるところが負けたんだ……

噂の彼女を初めて見たとき

泣きたい気持ちをこらえきれず

わざと背を向け離れていこうとしたね

そこで忘れられたら楽だったのに

ポッカリあいた　心の空間《すきま》

何で埋めたいか……わかってるくせに

## 神様、お願い！

さびしさを覆すだけの勇気を　私にください

彼女のプレッシャーに負けないパワーを　私にください

哀しみの上にある喜びでさえ嬉しいものなのに
喜びの上にある幸せなら
どれくらい嬉しいものだろうか

―涙を流した分だけ　しあわせになりたい―

# 平行線

嫌《きら》われるよりつらいってことあるよね

友達のようで　ちょっと違う

今一歩先に進めない

そんな今の私達

わがままばかり言ってごめんね

でも一番叶えてほしいわがままは

絶対きいてもらえないのね

『あの娘《こ》を忘れて』……って

遠まわしに

彼女の口から聞いたのは

「私はずっと離れないから……」という挑戦

「あなたの負けよ……」言わんばかりのひとこと

運命なんて言葉に流されたくない

だって

運命って自分で切り開くものでしょう？

# 写真たての中のふたり

あなたの部屋の片隅に

飾ってあった彼女の写真

いやというほどみてきたわ

破りたくても破れなかった　ふたりの笑顔

今ならきっとできるのに

## 何かがなければ……

『何か』がなければ　私達は変わらない

しかし……その『何か』のために

私達はダメになってしまうかもしれないけど

子供を大人に変える

少女を女性《おんな》に変える

恋を愛に変えてしまうひと

いっそ嘘を真実に

願わくば……

遊びを本気に……

もう私から電話もかけない　手紙も出さない　逢いにも行かない
もう“好き”という気持ちを隠して
忘れたふりして笑ってあげる

「いいの……気づいてくれただけで……」

「彼女がいるって……わかっているから」なんて

昔はよく口にしたけど

今は　100歩譲っても言えないわ……そんなセリフ

たくさんの人々に平等に愛を配ることができたら

私はいつも笑っていられたかもしれない

でも……

そのために本当の愛の意味を　見失ってしまうかもしれないけど

この次生まれてくる時も
私はあなたに惹かれるわ

この次生まれてくる時も
私はあなたを探すから

この次生まれてくる時は
あの娘《こ》よりも早く私をみつけて

誰よりも先に私をみつけて

# 10対１の割合

10対１の割合でいいから

あの女性《ひと》だけでなく

私にも分けて……

みえない優しさじゃなく

愛を綴ったメッセージを

まっすぐに現実をみつめることがとってもつらいの

目をそらしてはいけないのに

まっすぐみつめることができないの

あなたの中にある彼女の存在があまりにも大きすぎて……

こんなに長い時間《とき》を経て

変わらなかったものは

私の想いと

ふたりの関係

一瞬の喜びと

数秒後の……現実

あなたにはわからないと思うけど
私はあの彼女《ひと》がうらやましい
自分が支えてほしい時
いつでもさしのべられるあなたの大きな手は
私のものではなく　あの彼女《ひと》のもの

あの彼女《ひと》にはわからない
支えて欲しいと願うその時に　支えてくれるあなたの手を
どれほど私が欲しているか……きっとわからない
あなたの大切さが……多分……きっと

私にとっては真剣な恋でも

あなたにとっては　ままごとですか？

優しさという微笑みのうしろに

残酷という凶器をしのばせて

深入りするほど傷ついて……

私のすべてはボロボロなのに

あなたはそのことに気づいていない

## 最大級のわがまま

“一緒にいたい”
それこそがとてつもない“わがまま”だって
痛いほどわかっているけれど
私が私であるために
一番大切な自分を見失わないために
わかっていながらあえて言う
“一緒にいたい”……と
あなたを一番困らせるセリフを
ずっとずっと言い続けてあげる

たったひとつのわがままを叶えてもらえたなら

私は

去年の秋より幸せになれるのに

許せなかったことは　あなたの態度と彼女の自信

憎かったことは　私のことを踏み台にして深まった

……そんな二人の関係

## わかりきった片想い

あなたと離れる時がきたら
「わかりきった片想いにつきあってもらっただけよ」と
あなたを身軽にしてあげる
想い出と共に立ち去ってあげる

喜びと哀しみ

自信と嫉妬

勇気とあきらめ

みんな　みんな背中あわせ

あの娘《こ》と私も

あなたを挟んで背中あわせ

## 真実の言葉と本当の気持ち

ほんの些細な言葉で

あなたを傷つけ　怒らせてしまうことが度々ある

これっぽっちも嫌味を言う気はないのだけど

気がつくと

あなたが嫌がる言葉を羅列していたりする

本当は愛情を言葉にして贈りたいのに

口から出るのは嫌味や嫉妬

本当はこんなこと言いたいんじゃないのに

真実の言葉と本当の気持ちを素直に言えるようになるまで

もう少し時間《とき》がかかりそう

## 私のせい？

他人《ひと》に言われて初めて知ったの
駅の近く
寂しげにひとり歩くあの女性《ひと》のこと
そうさせたのは
私だってことも……

つかの間の幸せかもしれない
泣く日が来るかもしれない
それでも忘れられない君だから
今度こそしっかり目をあけて
この恋の行く末を見届けよう

愛しているウエイトは　いつだって私のほうが上だわ

私からあげられるものは少ししかないけど
先10年分の愛と　笑顔をリースにして
今年のクリスマス・プレゼント

許される限りの時間《とき》を　私にだけください

欲しいのは

トランクいっぱいの花束じゃない

もっと簡単で

もっと確かな何か

# 幸せの１ページ

いつかもっと大人になって
ふと今の自分を思い出したとき
この恋　この想いは
どんな結末を迎えているのだろう
どんな思い出として刻まれているのだろう
しあわせな１ページとしてか
それとも
つらい過去としてなのか

あなたのために生きたい

誰のためでもなく

たったひとり

誰よりも大切なあなたのそばで

笑顔で生きたい

私にはは私の今までがあるように

あなたにはあなたの過去がある

お互いに相手の過去を引き出しあったら

ふたりはきっとダメになる

どうしょもなく“逢いたい”と思う
……その時に
そばにいてくれないような恋人は
愛情の価値観が違うひとだと思う

50億人もの人がいる中で　巡り合えた運命に感謝して……

50億人もの人がいる中で　あなただけを見つめている

50億人もの人がいる中で　あなただけを愛している

この男性《ひと》と出逢わせてくれたすべてのものに

“ありがとう”を花束にして……

# 恋の行方

「この恋の行き先……どうなると思う？」

「まぁ　答えは２通りあるな」

「……？」

「ハッピーエンドか　さよならさ」

# 恋人同士の週末

恋人同士の週末は

お互いが求めあって　逢瀬を楽しむものだと思っていた

恋人同士の週末は

お互いにとって　一番素敵な瞬間だと信じていた

恋人同士の週末は

街中が皆　幸せに包まれているのに

恋人同士の私たちは約束さえ……ないのね

今　どこにいるの？

ねえ　逢いたくないの？

あなたが少しわからない

“またね”……なんて……

２度と逢うこともないけれど

ふたり　近づいていたはずなのに
ふたり　うまくいっていたはずなのに

壊してしまったのは……自分自身
ガラスよりもろい……ふたりの関係

別れることが二人のためだなんて

そんなのあなたのためじゃない……

あなたがいない　この街で
楽しさごっこをする私
ひとりになるのが　嫌だから
思いっきりの　つくり笑顔で

傷ついた分だけ優しくなれるって……

涙の数だけ優しさを覚えていくんだって……

簡単に他人《ひと》は言うけれど

哀《かな》しみにて覚える優しさなら

一生知らなくても構わない

幸せになりたいと願っていた

幸せになれると信じていた

なのに……なぜ？

私はどこで道を踏み違えたの？

忘れたい人

忘れられない人

そんなあなたは

忘れなくてはならない人

時がいつか忘れさせてくれる人

千の涙を　微笑みにかえて

「生きていれば　いつかまた逢える」と
励ましてくれたのは
愛するひとを突然なくした親友だった

「私の彼はもういないのよ
触れることも　声を聞くこともできないんだから」と
叱ってくれたのも……

終わりが近づく足音って
どんな音色なんだろう

『自分だけ悲劇のヒロインぶらないでくれ』

それが二人の女《ひと》を愛したあなたの最後の捨てゼリフだった

そしてそのまま　また違う女《ひと》に恋を仕掛けていった

『あなたは……ずるい

自分だけ幸せになるなんて……』

このさき　もしかしたら

偶然に彼とまた出逢えて

食事をして

楽しくおしゃべりをするような

……そんな日がきても

二度と　恋にはならないのね

「ずっと　ずっと一緒にいようね」……って

ずっと……って案外短いものなのに

あなたと出逢ってから　今この瞬間まで

数え切れないほどの思い出

誰よりも大切で

何よりも大切な

電話をください

今すぐさらってください

あなたに逢うためのきっかけをください

最後のチャンスをください

まだ２人の物語の幕は下《お》りていないと……

いつもの場所に

いつもの時間に

いつものように迎えにきてください

# 遠い街のあなたへ

距離はお互いの気持ちさえも遠ざけてしまうものなの？
電話ごしのひとことで　終わってしまうものなの？
『さよなら』ってこんなに簡単に訪れるものなんだ……

# みっつめの朝陽

傷ついた昨日を哀しむより　明日を信じて笑っていよう

忘れられぬ心を嘆くより　未来の幸せを信じよう

過ぎ去った想いにピリオドをうって

今日　みっつめの朝を信じよう

やさしくなくてもいい
複数恋愛進行中でもいい
私だけが我慢すればあのひとは
いつもそばにいてくれるんじゃないか……って

そんなの恋とは呼べないよね
離れてみて初めて気づいたの
今頃気づいても遅いのにね

それでも信じていたの
ずっと……ずっと信じていたの
あのひとの　あの一言と
ふと　みせる……
無防備にくずした　あのまなざしを

離れていこうとするあなたに

泣いてすがりつく自分自身が

一番嫌《きら》いで　一番ゆるせなかった

わかっていたのに変えることができなかった

あのひとが去った今　心から思う

『もう一度あの場面《シーン》に戻れたらいいのに……』

あれから幾つもの季節が流れ

気がつくと

夢の中にさえも出てきてくれないひとになった

## ホントウノタカラ

自分の中で　本当に大切なものってなんだろう
考えて　考えてもでない答えを探した

ー急がなくてもいいよねー
自分の運命が終わるその瞬間《とき》に
きっとわかると思うから

〈著者紹介〉

**菊地紫里**（きくち　さおり）

1971年7月12日　静岡県清水市に生まれる。
1990年　東海大学第一高等学校卒業。
在学中（17歳）から作詩を始める。
現在、夫・愛娘・愛犬と共に静岡市在住。


## 写真たてのふたり

---

2001年2月15日　初版1刷発行
著　者　菊 地《きくち》 紫 里《さおり》
発行者　瓜 谷 綱 延
発行所　株式会社　文芸社
〒112-0004　東京都文京区後楽2-23-12
電話　03-3814-1177（代表）
03-3814-2455（営業）
振替　00190-8-728265
印刷所　株式会社　フクイン

---




ISBN4-8355-1266-9 C0092